FOOTBALL PLAYBOOK

DIAGRAMS

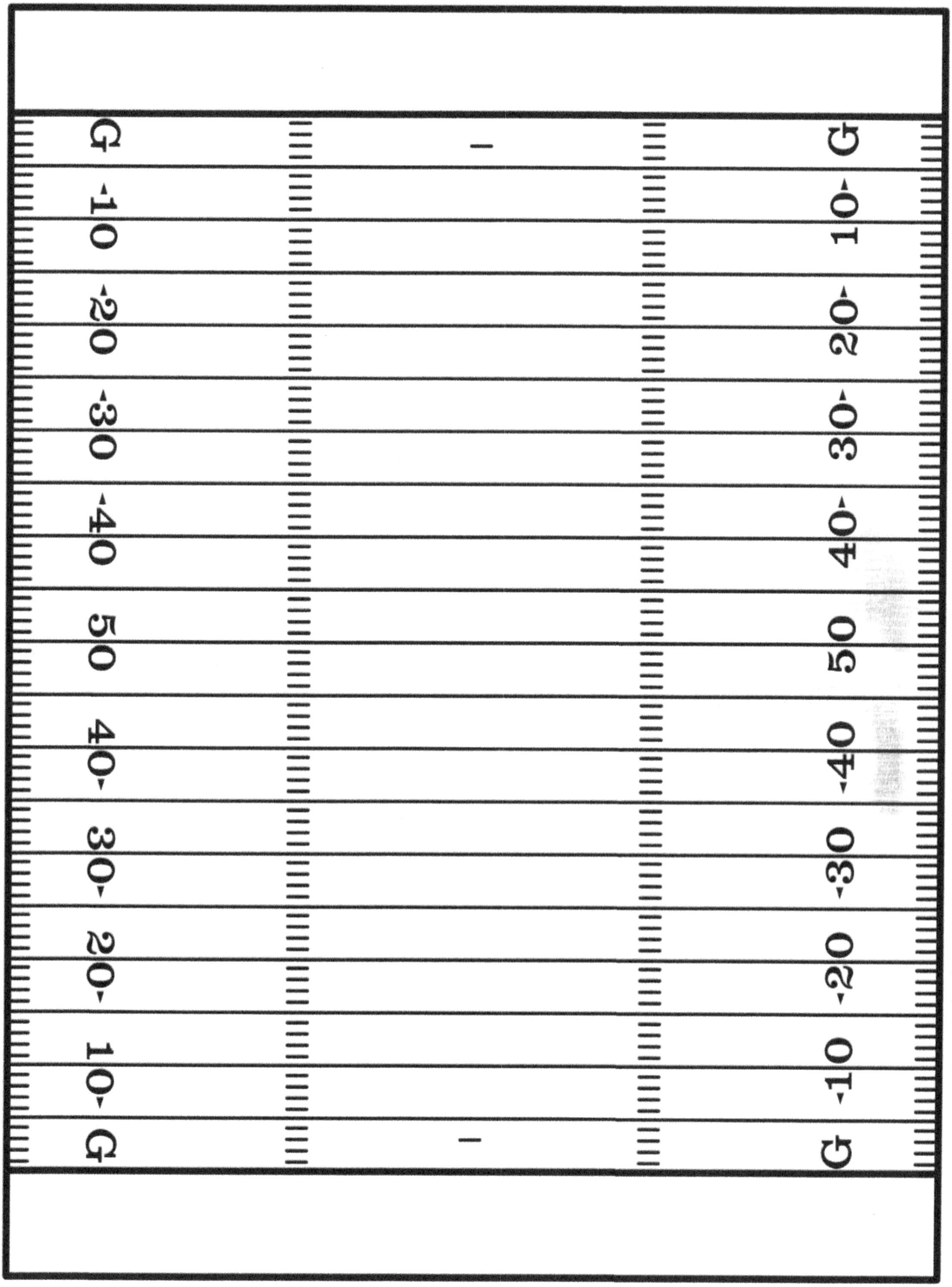
G 10 20 30 40 50 40 30 20 10 G
G 10 20 30 40 50 40 30 20 10 G

DIAGRAMS

G 10 20 30 40 50 40 30 20 10 G

G 10 20 30 40 50 40 30 20 10 G

DIAGRAMS

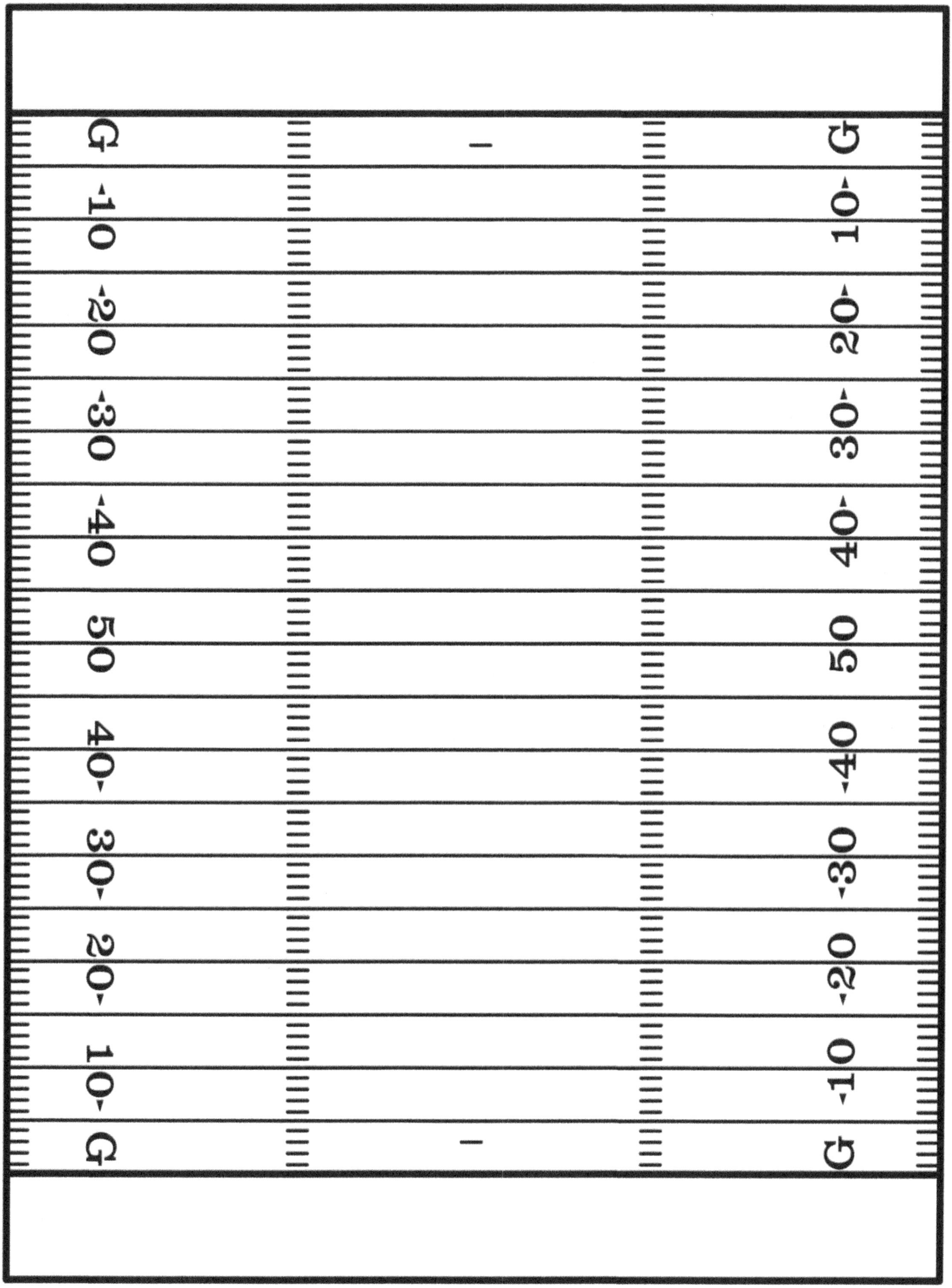
G
10
20
30
40
50
40
30
20
10
G

DIAGRAMS

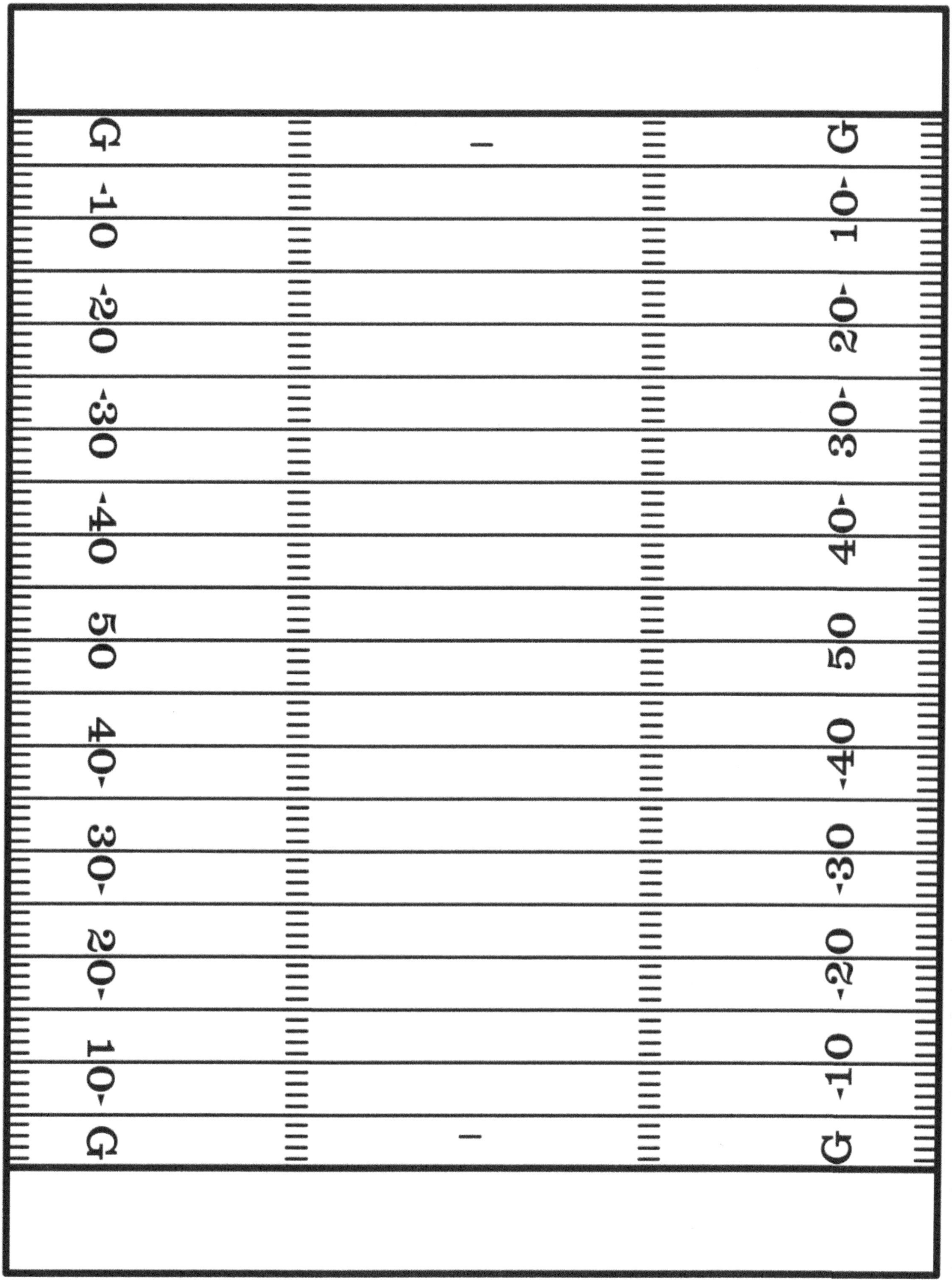
G 10 20 30 40 50 40 30 20 10 G
G 10 20 30 40 50 40 30 20 10 G

DIAGRAMS

G   -10   -20   -30   -40   50   40-   30-   20-   10-   G

G   -10   20-   30-   40   50   40-   -30   -20   -10   G

DIAGRAMS

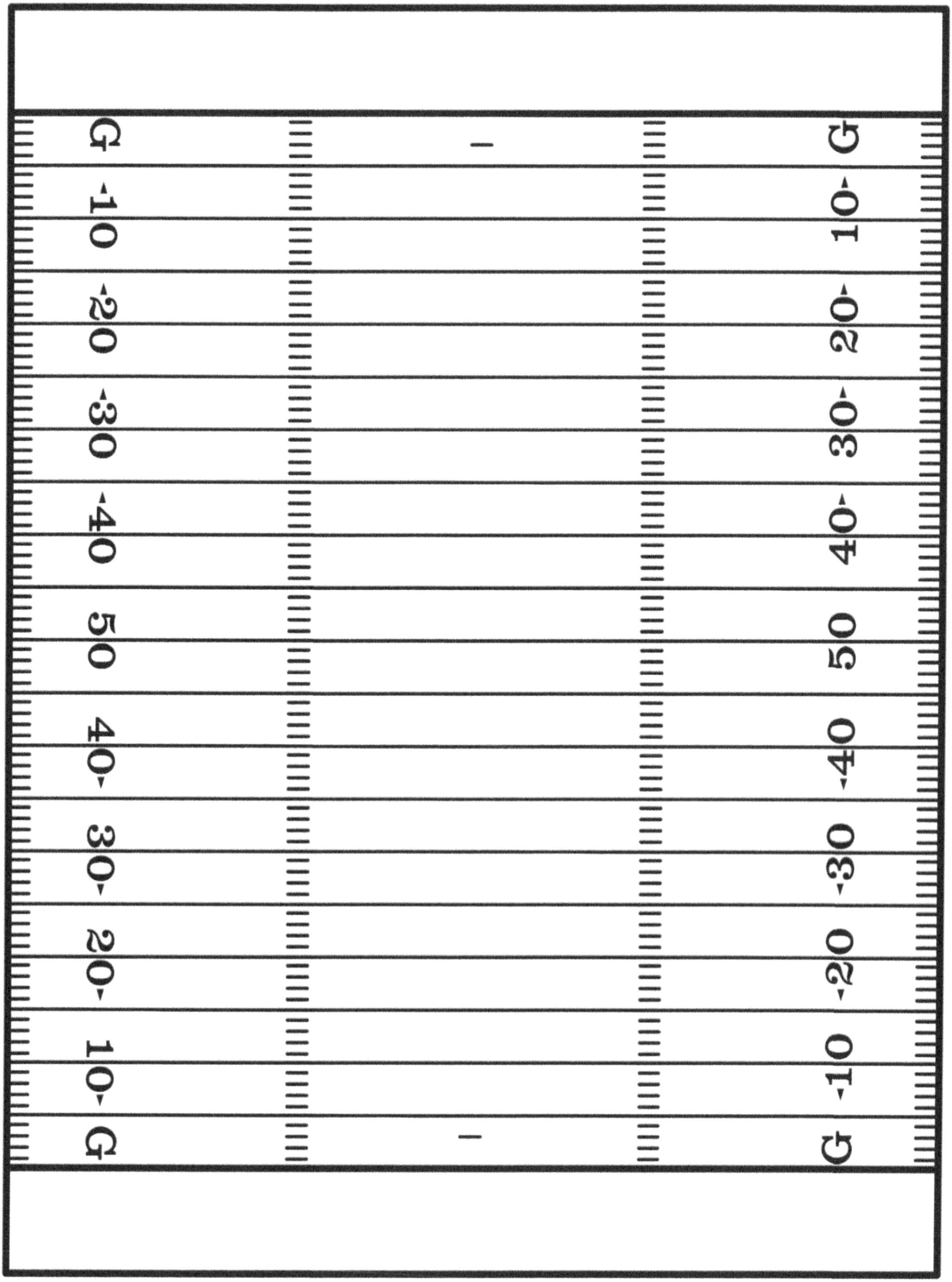
G
10
20
30
40
50
40
30
20
10
G

DIAGRAMS

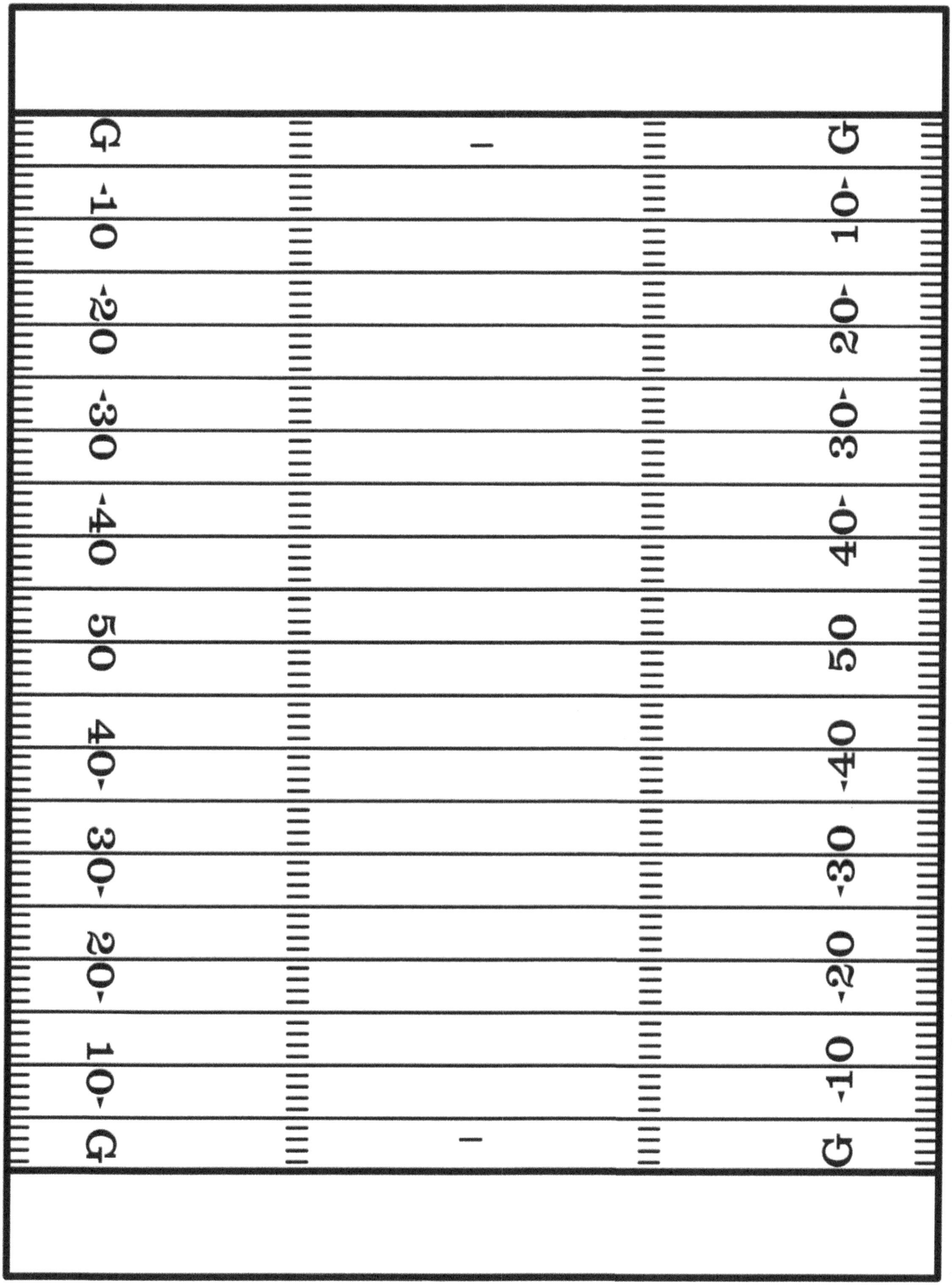
G
10
20
30
40
50
40
30
20
10
G

DIAGRAMS

DIAGRAMS

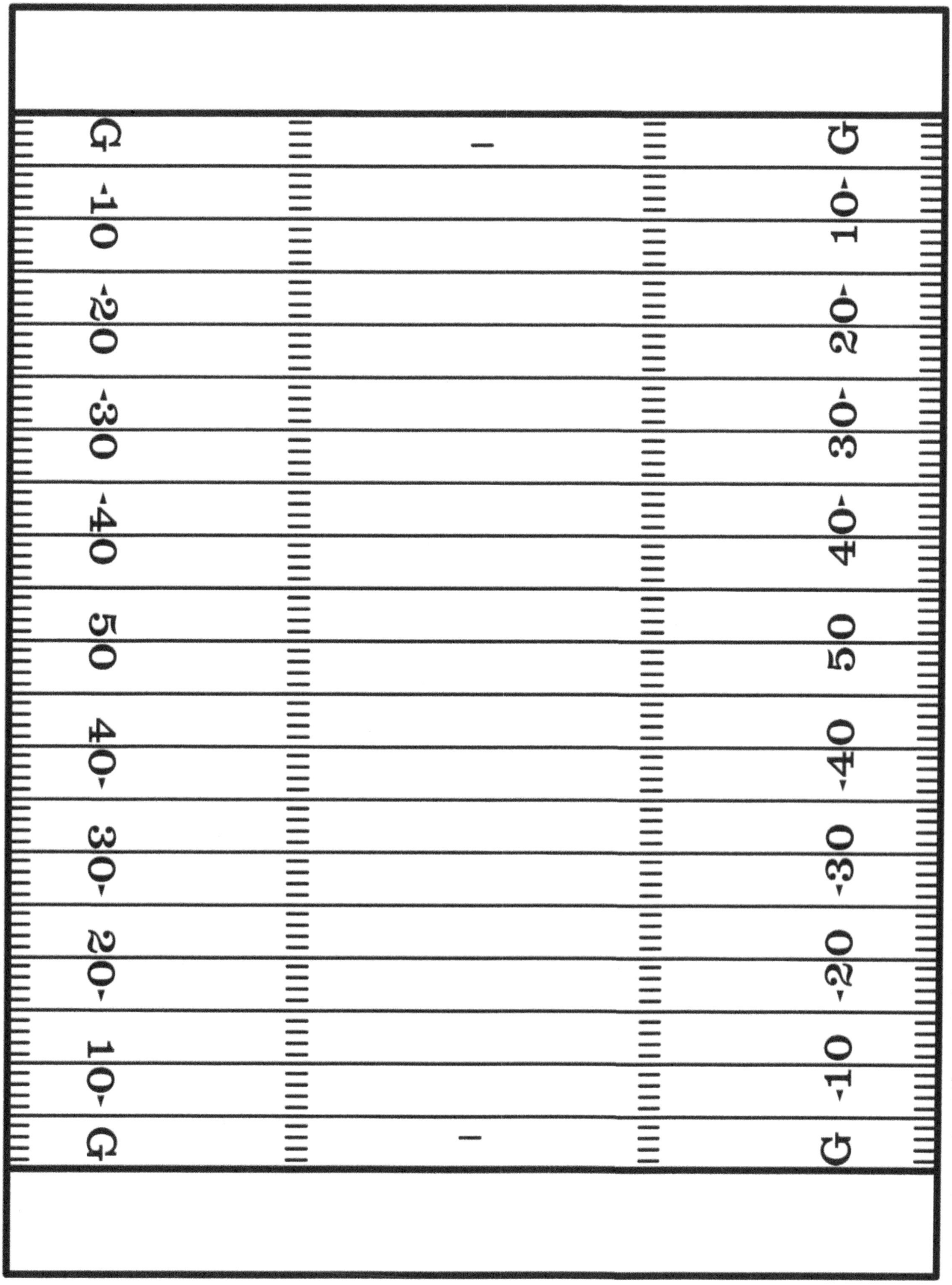
G
10
20
30
40
50
40
30
20
10
G

DIAGRAMS

G | -10 | -20 | -30 | -40 | 50 | 40 | 30 | 20 | 10 | G

G | -10 | 20 | 30 | 40 | 50 | 40 | -30 | -20 | -10 | G

DIAGRAMS

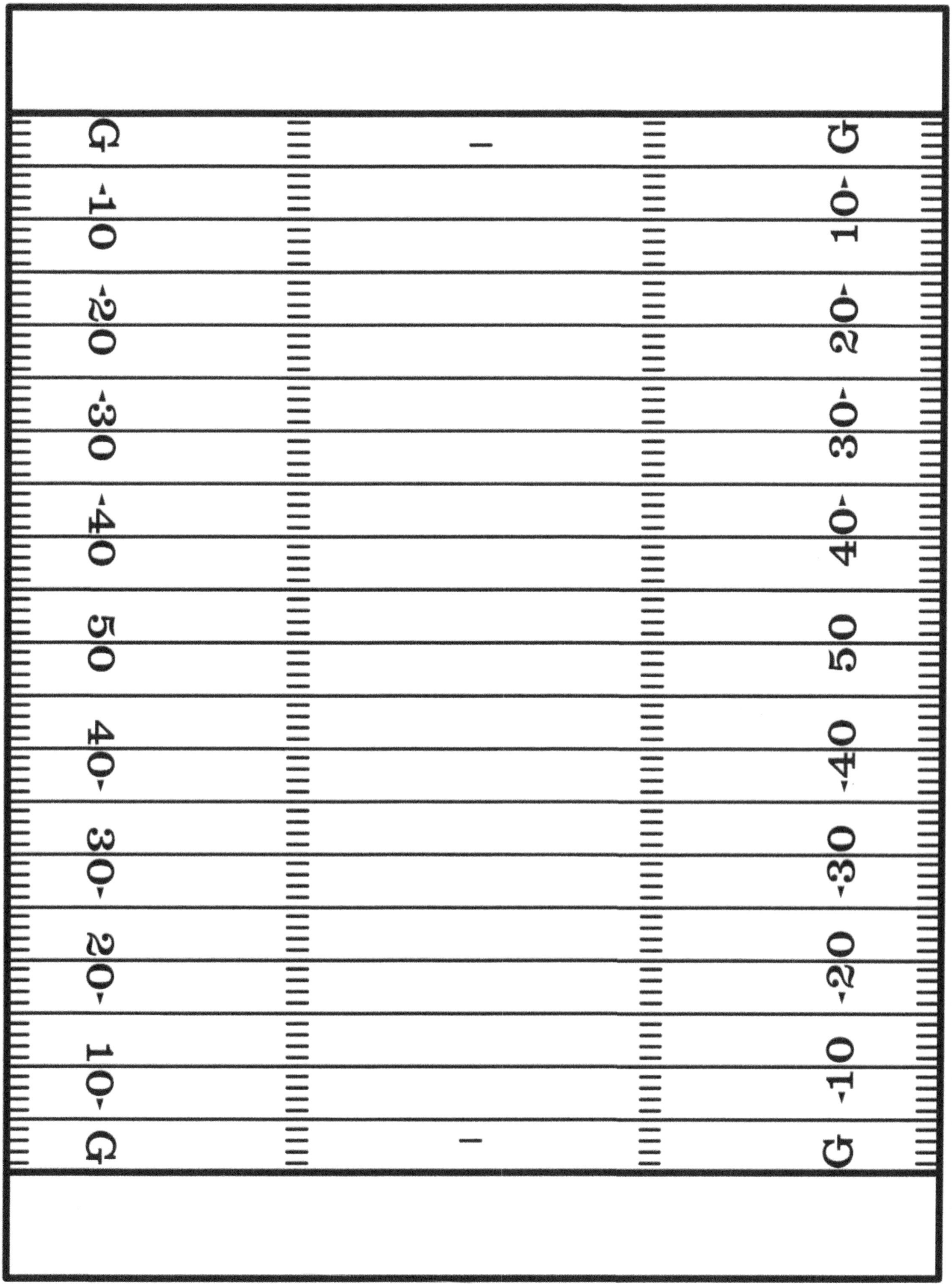
G
10
20
30
40
50
40
30
20
10
G

DIAGRAMS

G 10 20 30 40 50 40 30 20 10 G

G 10 20 30 40 50 40 30 20 10 G

DIAGRAMS

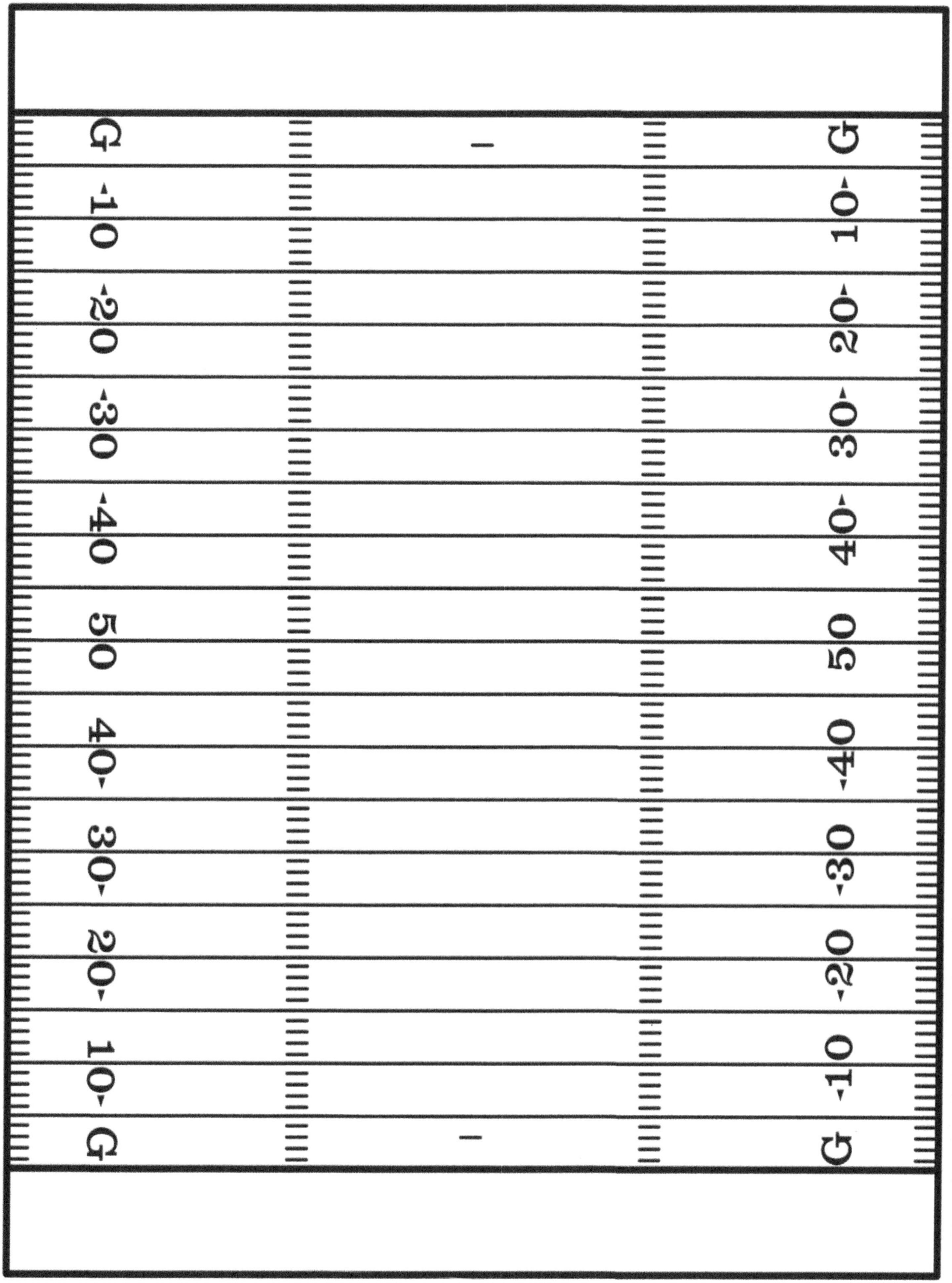
G
10
20
30
40
50
40
30
20
10
G

DIAGRAMS

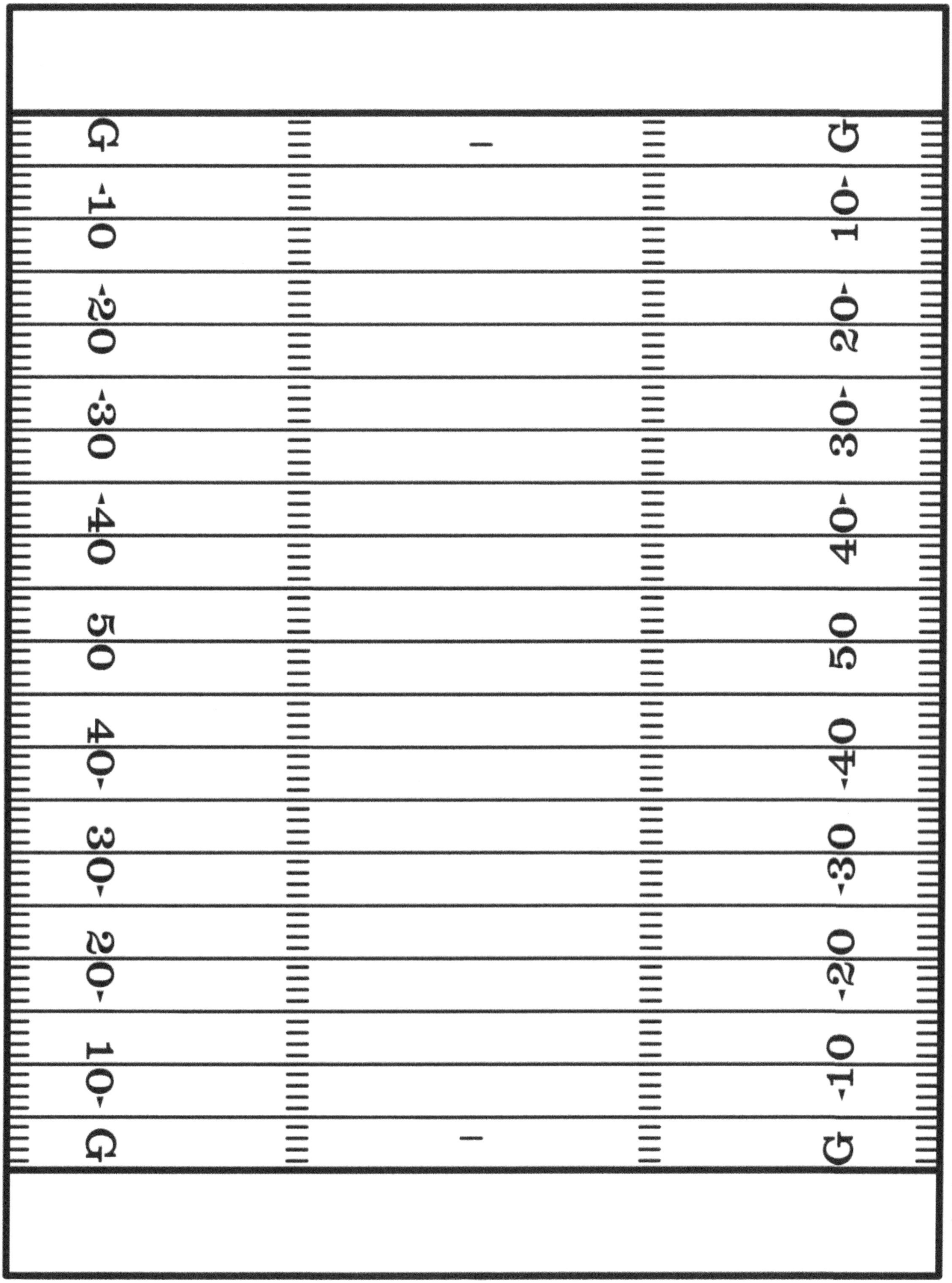

DIAGRAMS

G 10 20 30 40 50 40 30 20 10 G

G 10 20 30 40 50 40 30 20 10 G

DIAGRAMS

G   G

-10   -0 10

-20   20 -0

-30   30 -0

-40   40 -0

50   50

40   -40

30   -30

20   -20

10   -10 0

G   G

DIAGRAMS

DIAGRAMS

G   -10   -20   -30   -40   50   40   30   20   10   G

G   10   20   30   40   50   40   30   20   10   G

DIAGRAMS

DIAGRAMS

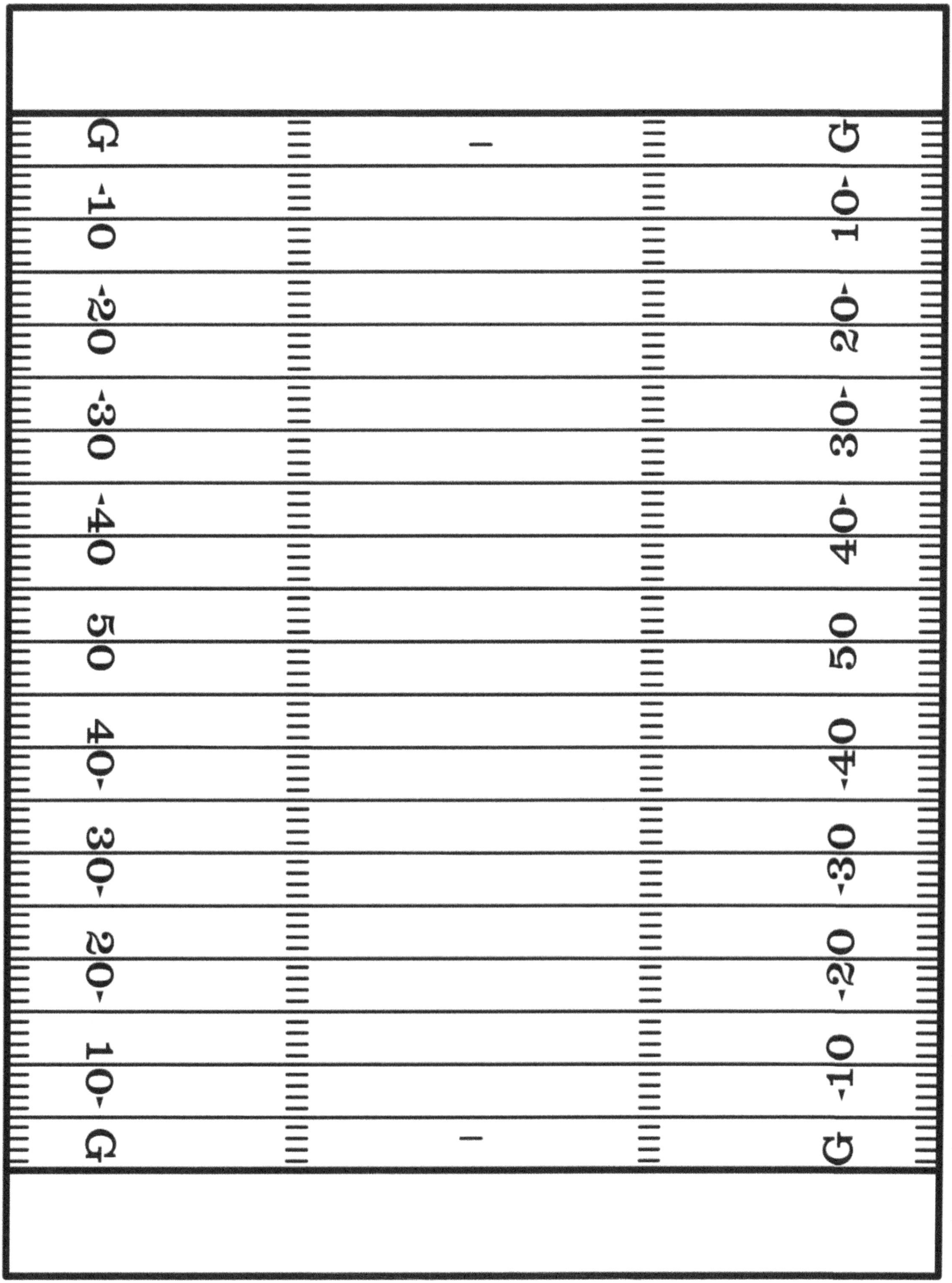
G
10
20
30
40
50
40
30
20
10
G

DIAGRAMS

G 10 20 30 40 50 40 30 20 10 G

—

—

G 10 20 30 40 50 40 30 20 10 G

DIAGRAMS

DIAGRAMS

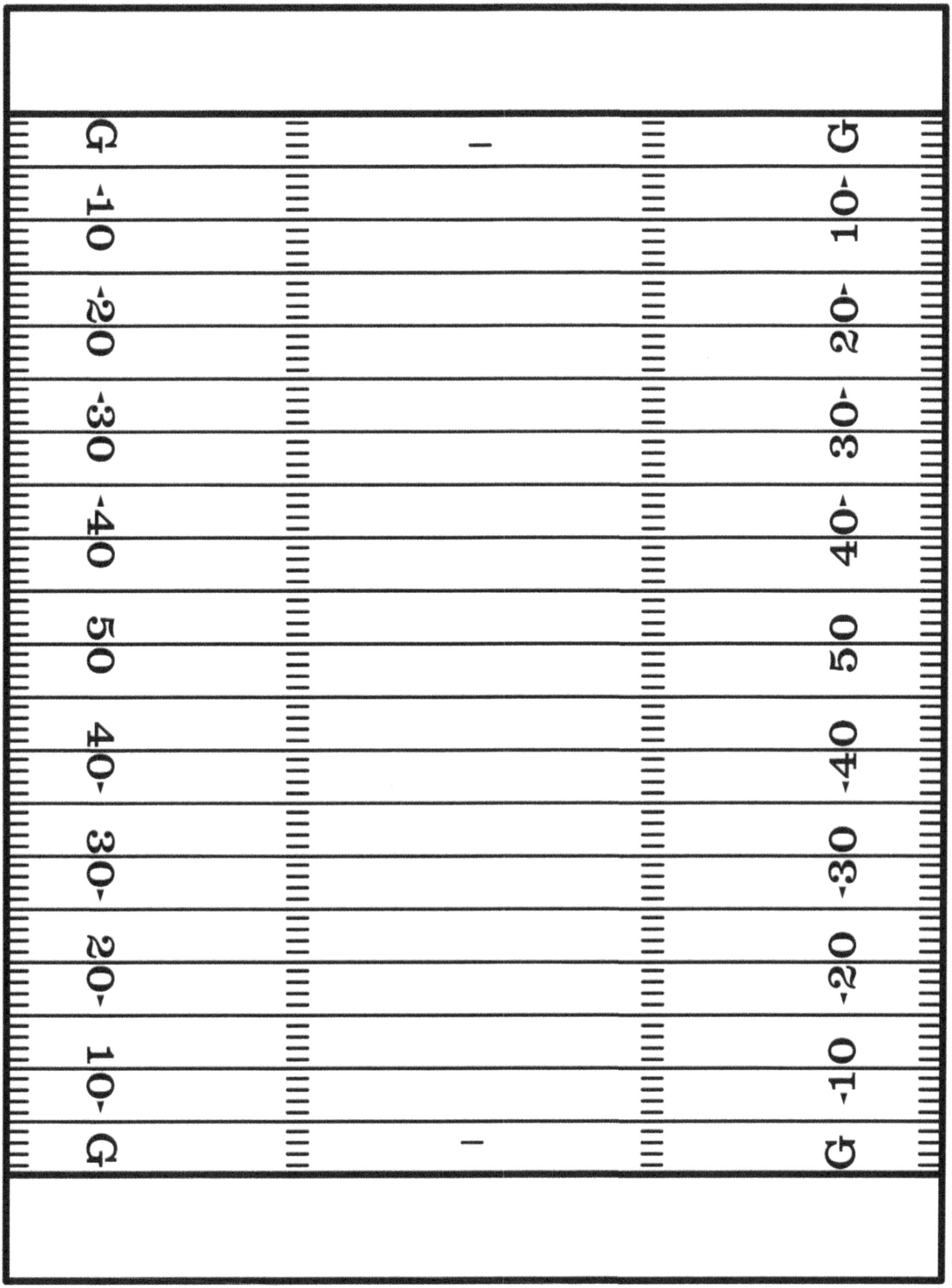
G
10
20
30
40
50
40
30
20
10
G

DIAGRAMS

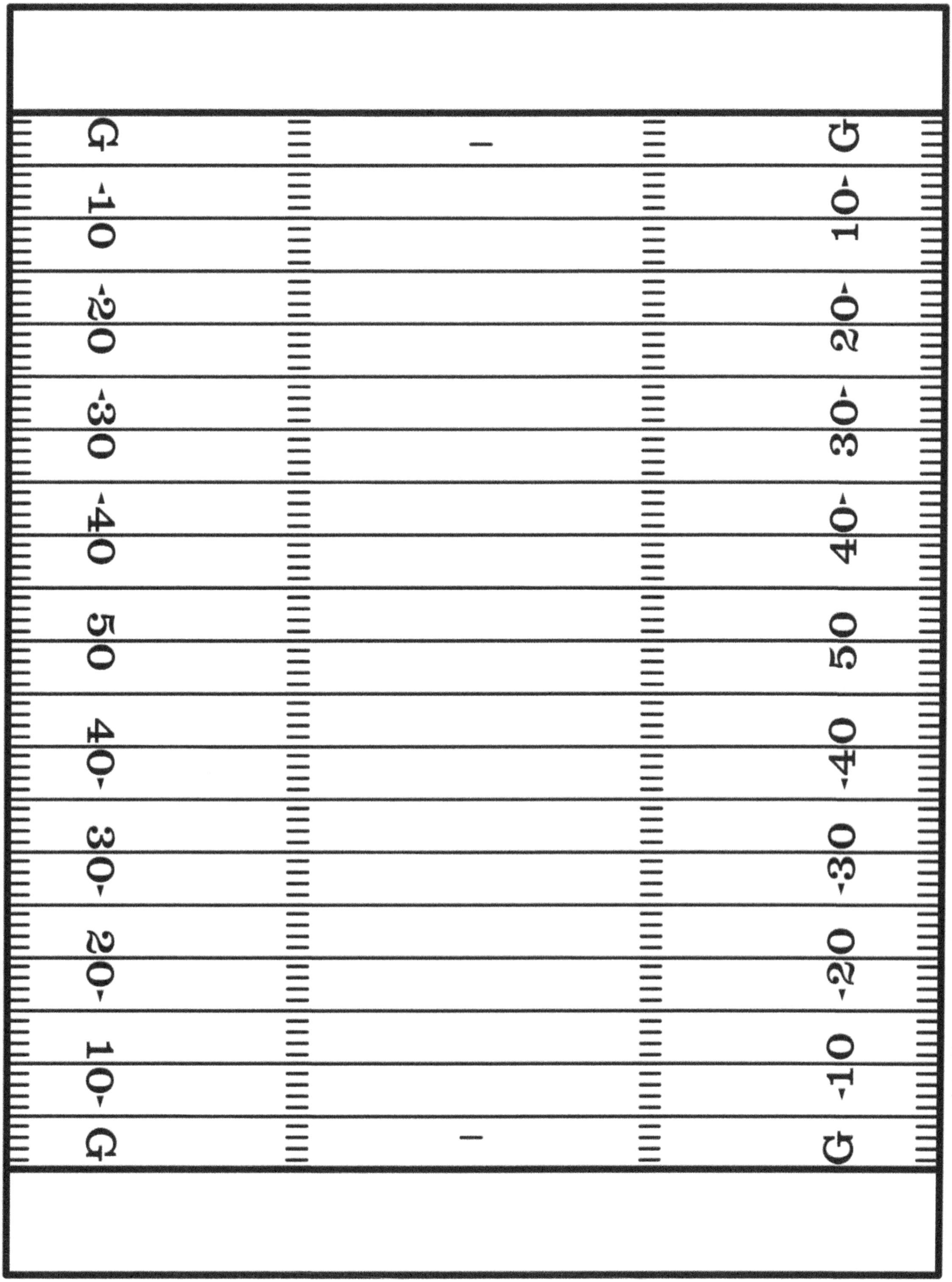
G
10
20
30
40
50
40
30
20
10
G

DIAGRAMS

DIAGRAMS

G   —

-10

-20

-30

-40

50

40

30

20

10   —

G

G

-10

-20

-30

-40

50

40

30

20

10

G

DIAGRAMS

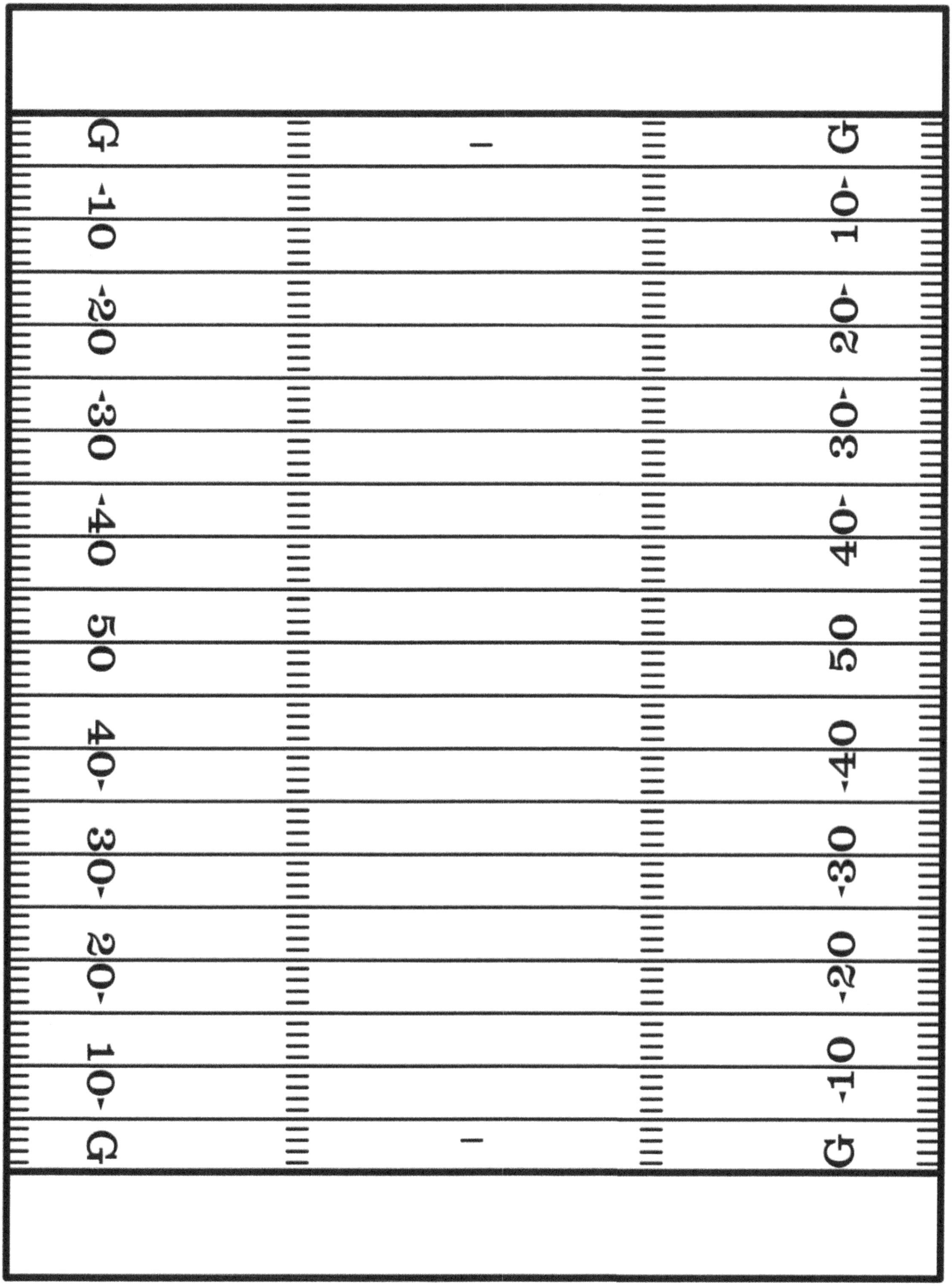

DIAGRAMS

G · 10 · 20 · 30 · 40 · 50 · 40 · 30 · 20 · 10 · G

G · 10 · 20 · 30 · 40 · 50 · 40 · 30 · 20 · 10 · G

DIAGRAMS

G   10   20   30   40   50   40   30   20   10   G

G   10   20   30   40   50   40   30   20   10   G

DIAGRAMS

G -10 -20 -30 -40 50 40 30 20 10 G

— —

G -0 20- 30- 40- 50 40- -30 -20 -0 G

DIAGRAMS

G   10   20   30   40   50   40   30   20   10   G

G   10   20   30   40   50   40   30   20   10   G

DIAGRAMS

DIAGRAMS

DIAGRAMS

G	10	20	30	40	50	40	30	20	10	G

G	10	20	30	40	50	40	30	20	10	G

DIAGRAMS

DIAGRAMS

G | 10 | 20 | 30 | 40 | 50 | 40 | 30 | 20 | 10 | G

G | 10 | 20 | 30 | 40 | 50 | 40 | 30 | 20 | 10 | G

DIAGRAMS

G -10 -20 -30 -40 50 40 30 20 10 G

— —

G -10 20 30 40 50 40 30 20 10 G

DIAGRAMS

G -10 -20 -30 -40 50 40 30 20 10 G

G -0 10 20 30 40 50 40 30 20 10 G

DIAGRAMS

G   10   20   30   40   50   40   30   20   10   G

G   10   20   30   40   50   40   30   20   10   G

DIAGRAMS

G   -10   -20   -30   -40   50   40   30   20   10   G

G   10   20   30   40   50   40   30   20   10   G

DIAGRAMS

G | -10 | -20 | -30 | -40 | 50 | 40 | 30 | 20 | 10 | G

G | 10 | 20 | 30 | 40 | 50 | 40 | 30 | 20 | 10 | G

DIAGRAMS

G | -10 | 10 | -20 | 20 | -30 | 30 | -40 | 40 | 50 | 50 | 40 | -40 | 30 | -30 | 20 | -20 | 10 | -10 | G

DIAGRAMS

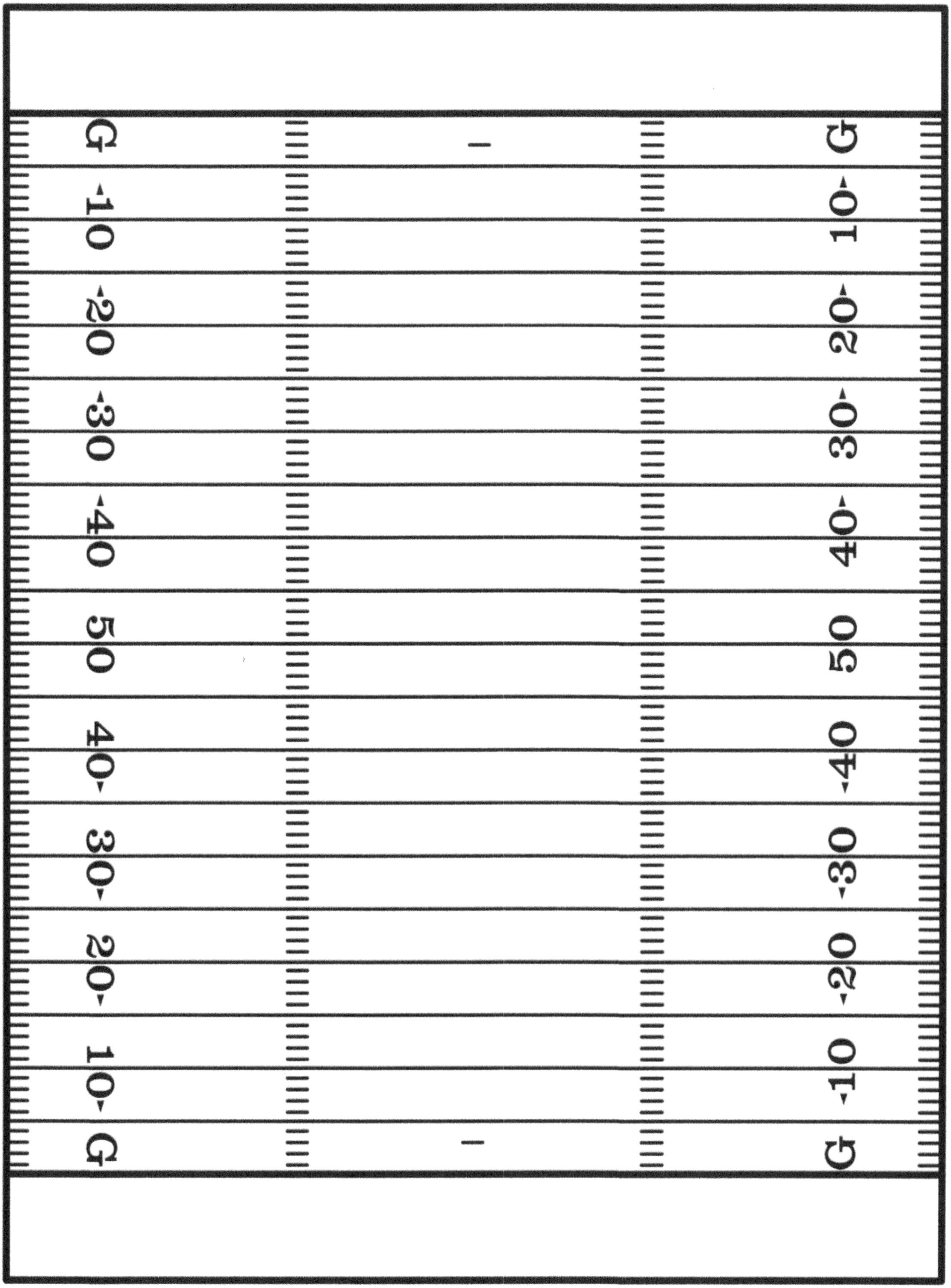
G
10
20
30
40
50
40
30
20
10
G

DIAGRAMS

G   -10   -20   -30   -40   50   40   30   20   10   G

—

—

G   -0   20   30   40   50   40   30   20   10   G

DIAGRAMS

G · · 10 · · 20 · · 30 · · 40 · · 50 · · 40 · · 30 · · 20 · · 10 · · G

G · · 10 · · 20 · · 30 · · 40 · · 50 · · 40 · · 30 · · 20 · · 10 · · G

DIAGRAMS

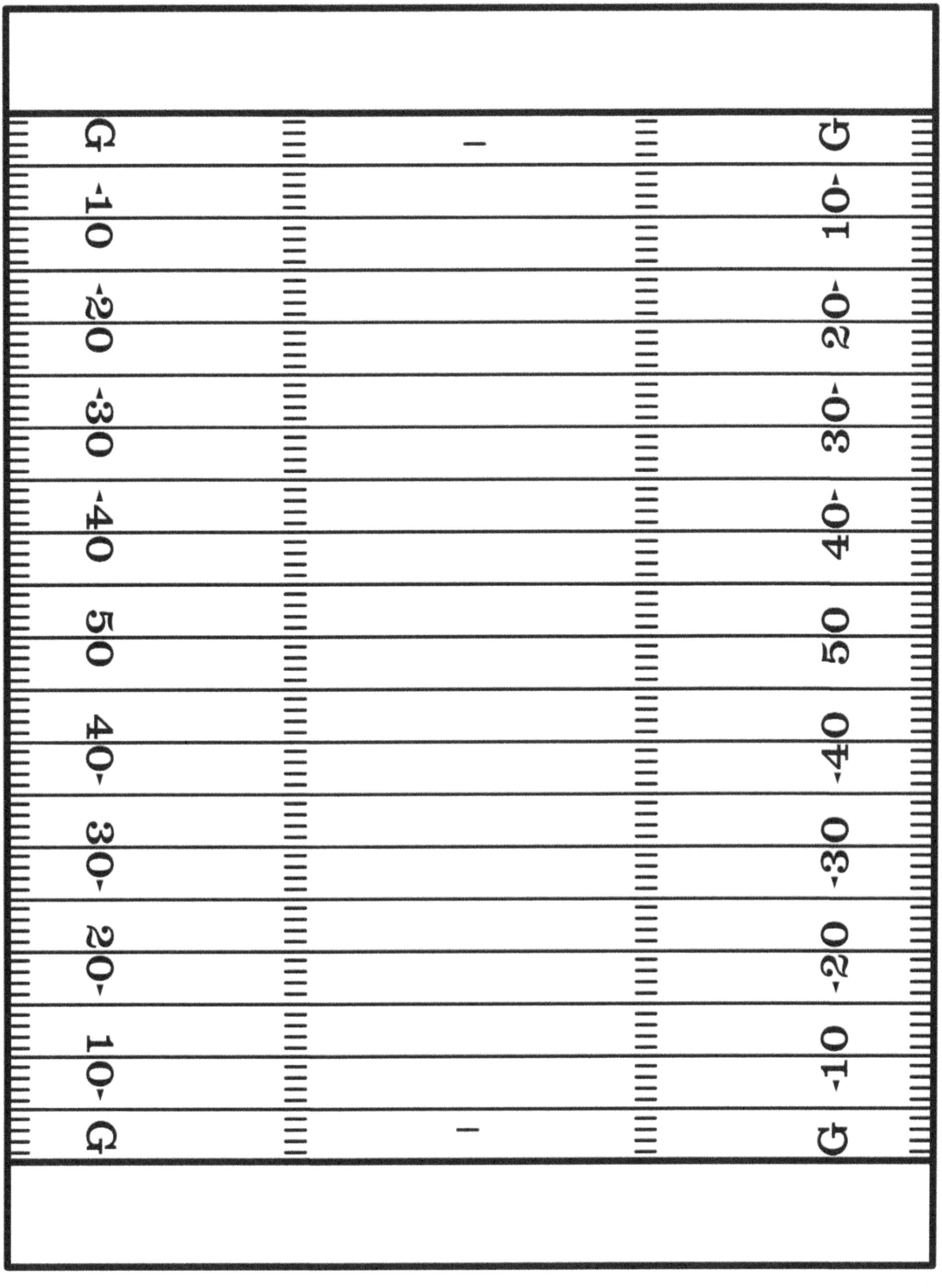
G 10 20 30 40 50 40 30 20 10 G

DIAGRAMS

G   -10   -20   -30   -40   50   40   30   20   10   G

G   10   20   30   40   50   40   30   20   10   G

DIAGRAMS

G   10   20   30   40   50   40   30   20   10   G

G   10   20   30   40   50   40   30   20   10   G

DIAGRAMS

G -10 -20 -30 -40 50 40 30 20 10 G

—

G 10 20 30 40 50 40 30 20 10 G

DIAGRAMS

G 10 20 30 40 50 40 30 20 10 G

G 10 20 30 40 50 40 30 20 10 G

DIAGRAMS

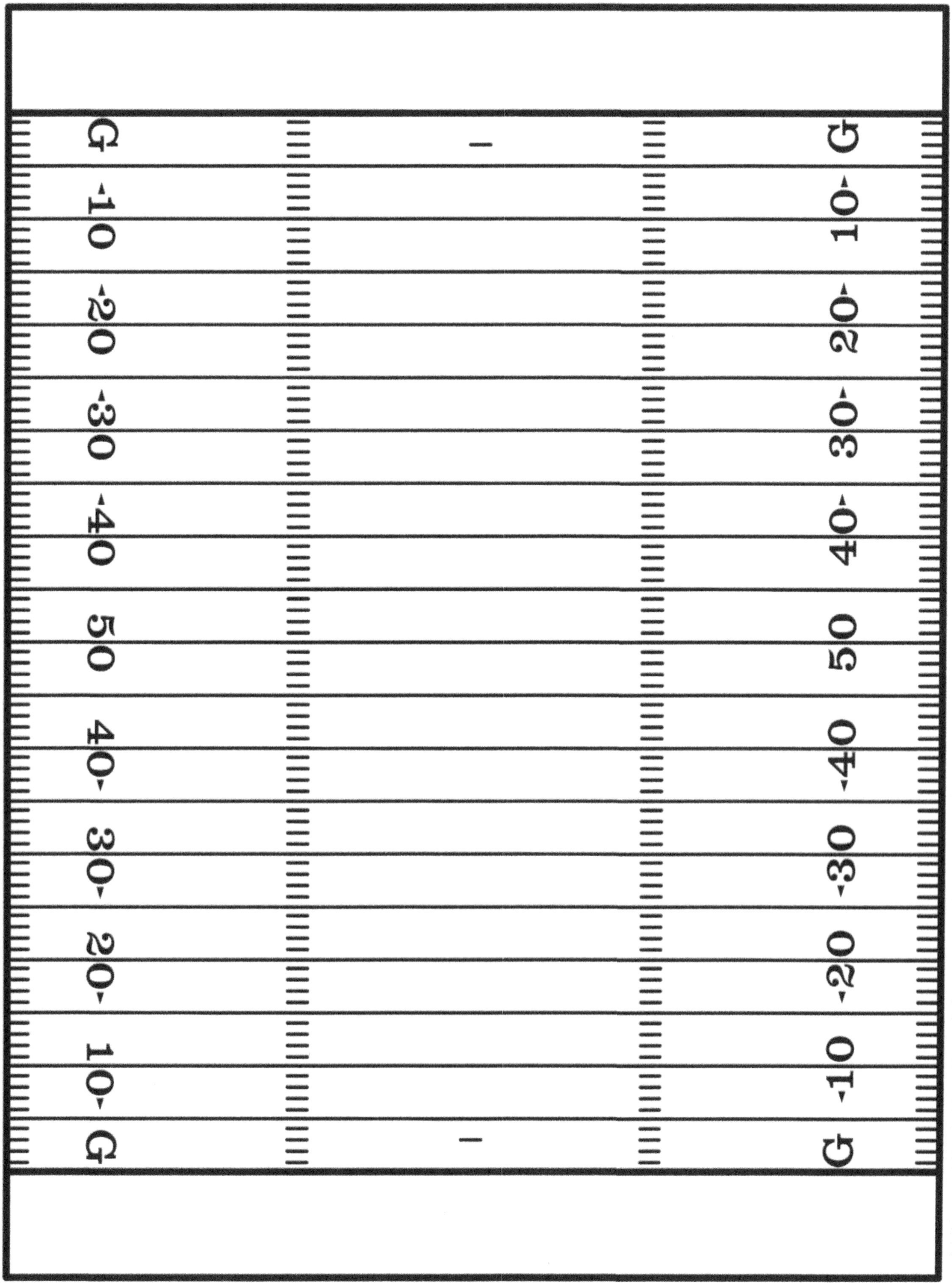
G
10
20
30
40
50
40
30
20
10
G

DIAGRAMS

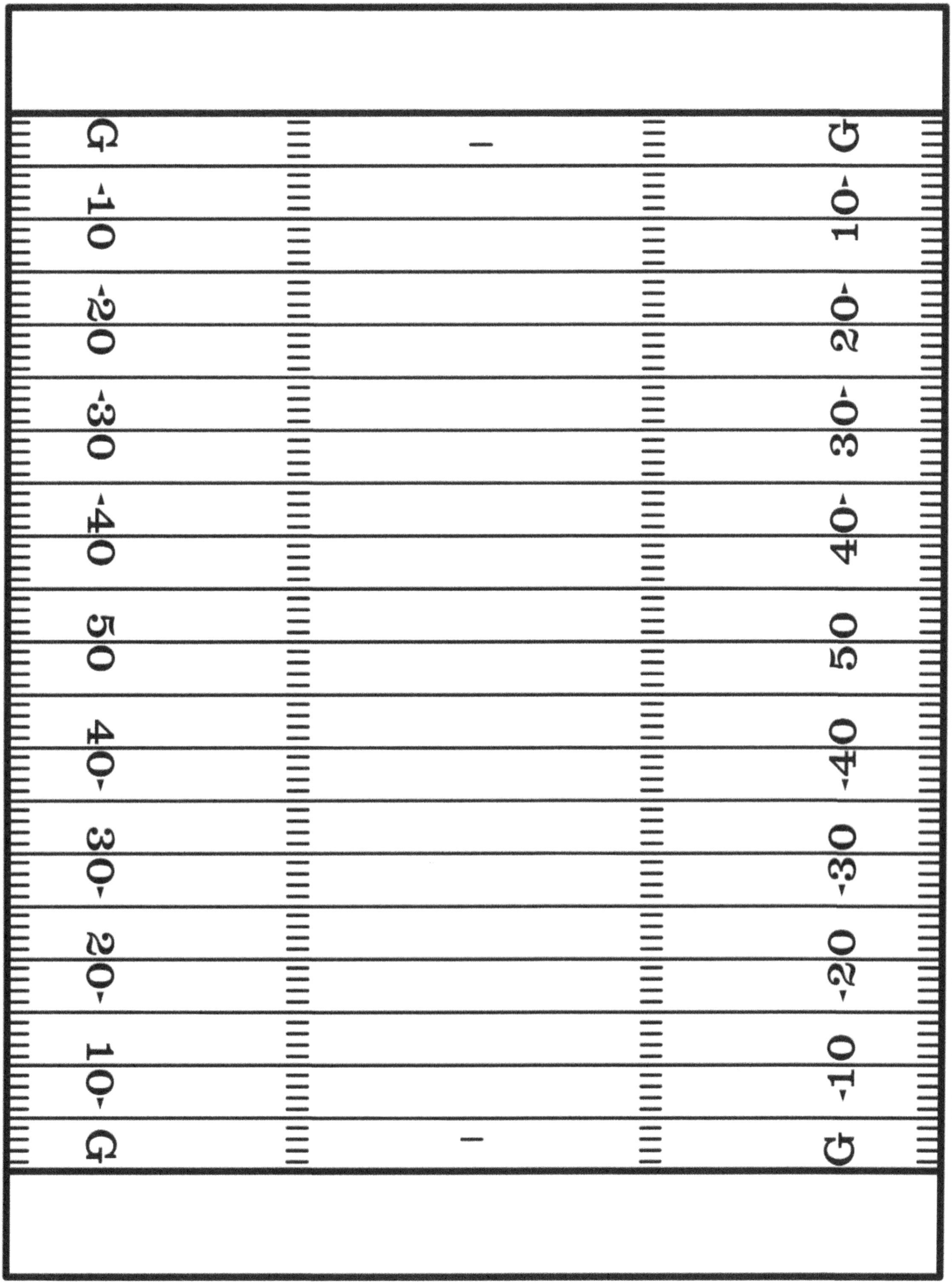
G
10
20
30
40
50
40
30
20
10
G

DIAGRAMS

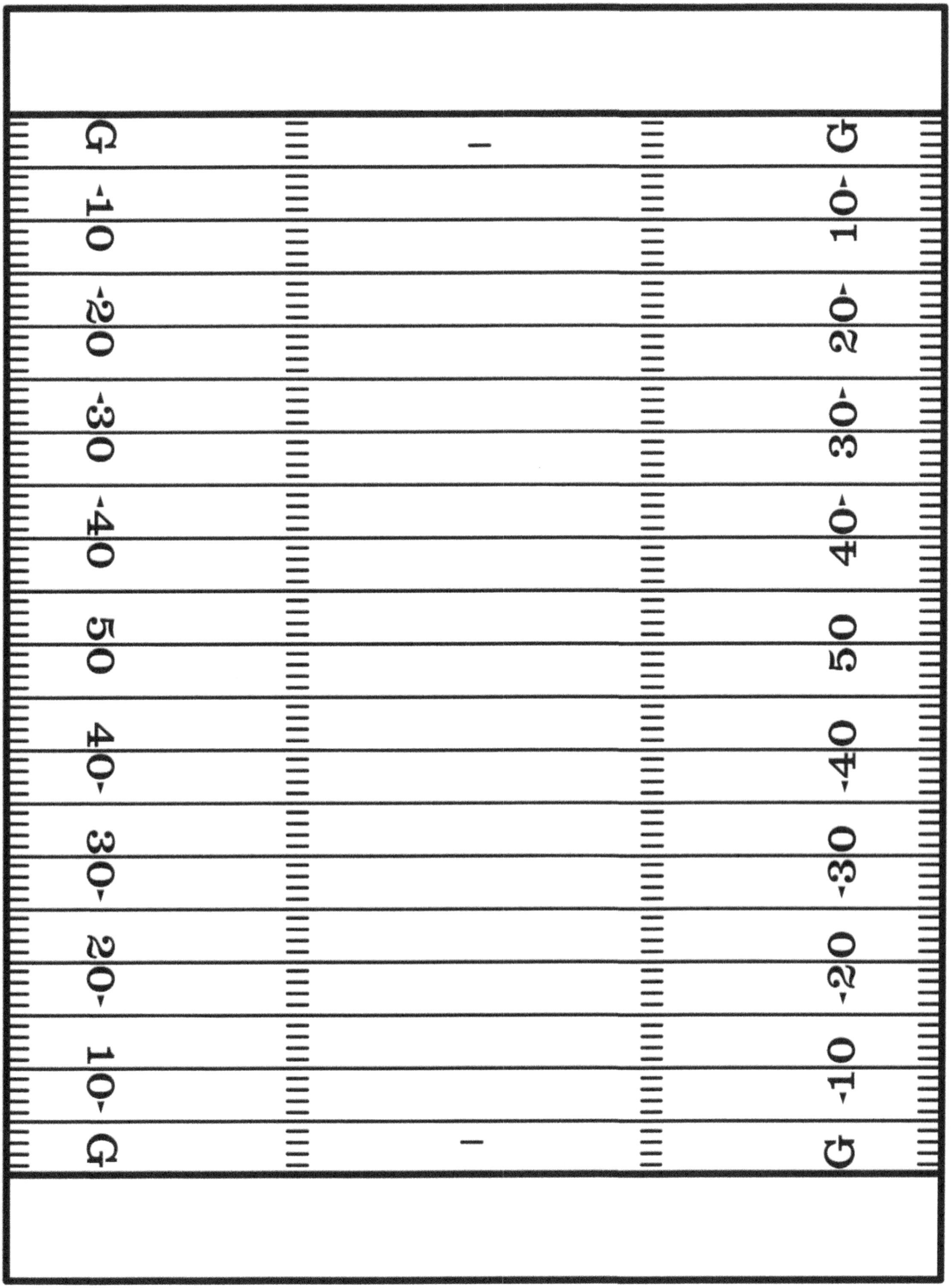
G 10 20 30 40 50 40 30 20 10 G

DIAGRAMS

G   10   20   30   40   50   40   30   20   10   G

G   10   20   30   40   50   40   30   20   10   G

DIAGRAMS

G -10 -20 -30 -40 50 40 30 20 10 G

—

—

G 10- 20- 30- 40- 50 -40 -30 -20 -10- G

DIAGRAMS

G   -10   -20   -30   -40   50   40-   30-   20-   10-   G

G   -0-   -20   -30   -0-   50   -40   -30   -20   0-   G

DIAGRAMS

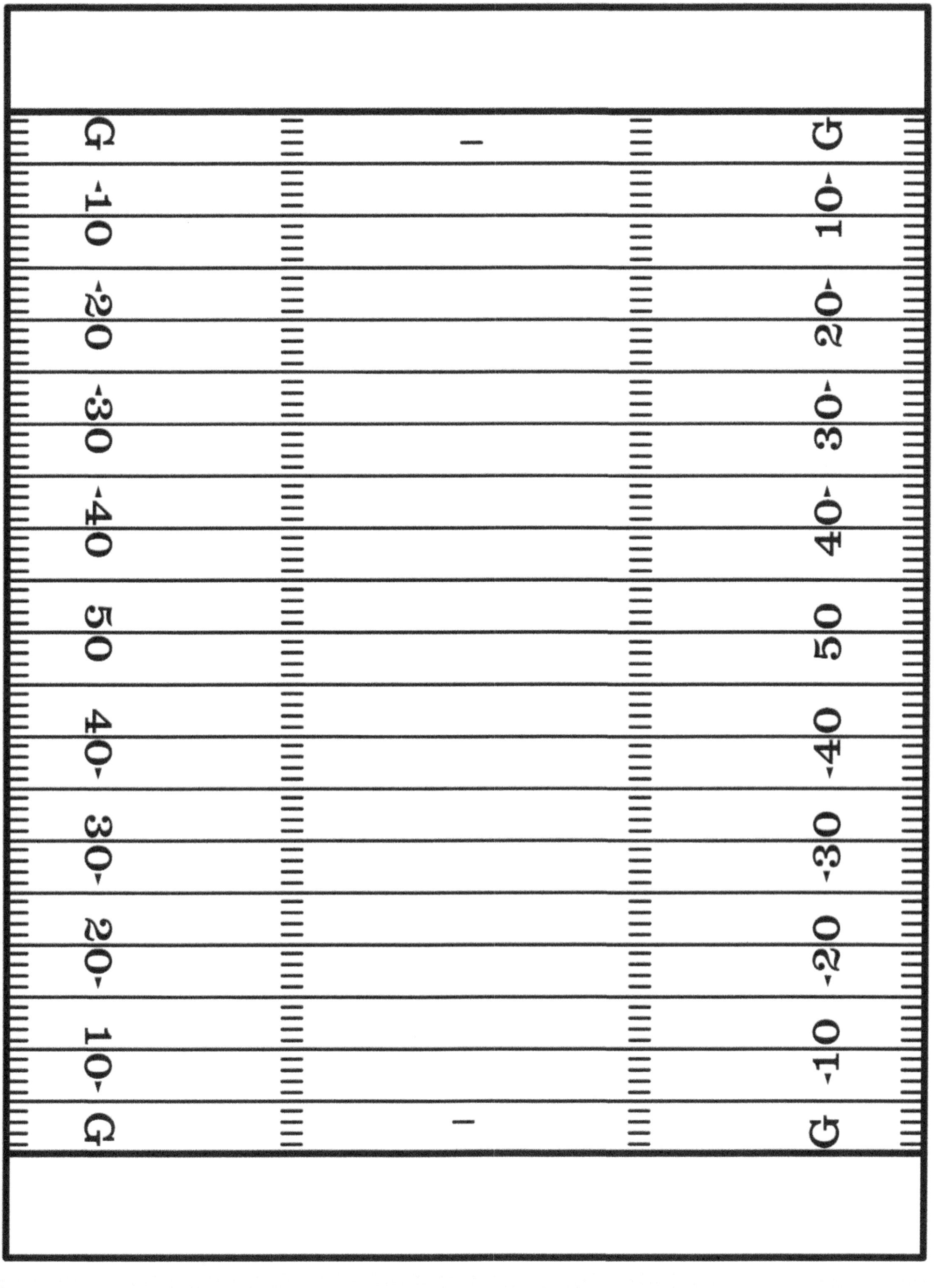
G
10
20
30
40
50
40
30
20
10
G

DIAGRAMS

G   10   20   30   40   50   40   30   20   10   G

DIAGRAMS

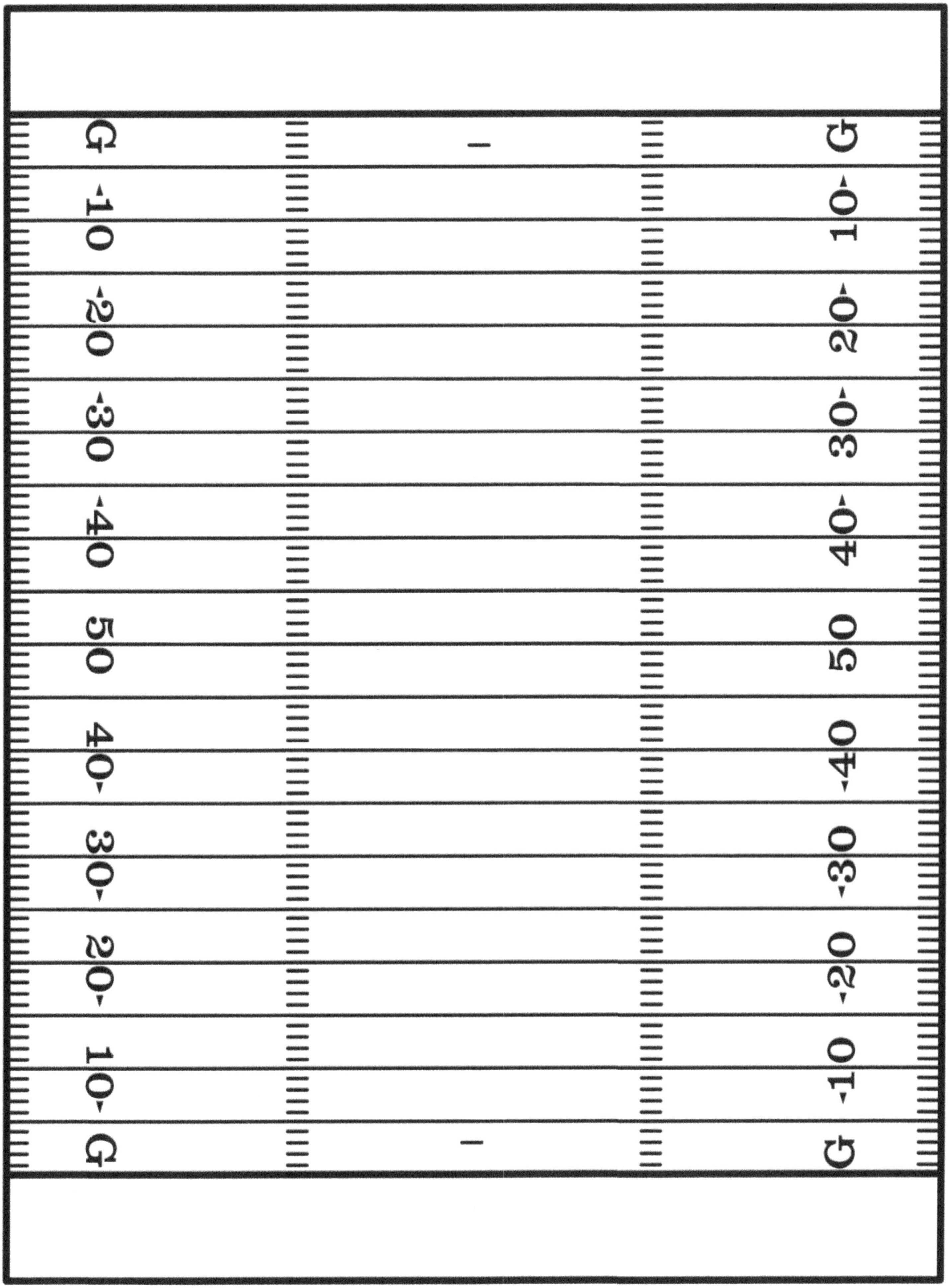
G 10 20 30 40 50 40 30 20 10 G

DIAGRAMS

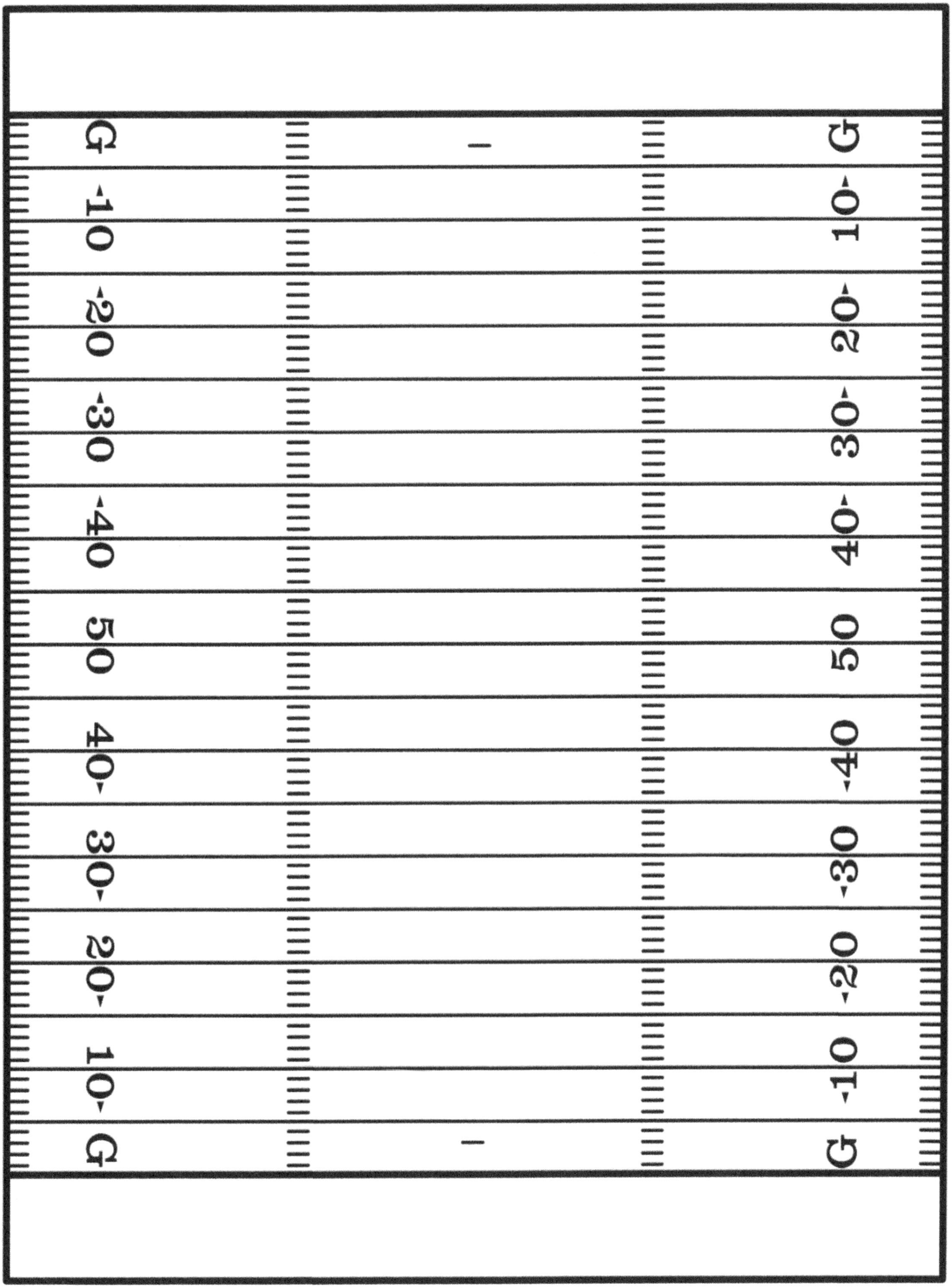
G
10
20
30
40
50
40
30
20
10
G

Made in United States
North Haven, CT
29 April 2023

36039833R00070